我是阿爾戈。

我就知道是你！

我一直在等你，親愛的尤里西斯。

U0065777

\# 且讓我們稱之為「阿爾戈是尤里西斯的狗」效應

\# 一齣永動機的對話

\# 我們讓彼此作為活人的濕潤和軟黏進來但比例不能比創作和思考多

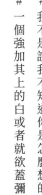

\# 弄鈍

\# 我不是說我不知道你是怎麼想的，我是說許多時候我不知道我是怎麼想的

\# 一個強加其上的白或者就欲蓋彌彰地反而強調了那些被刪掉的東西

繪圖・圖片提供／張紋瑄

不相信朋友之人的交朋友計畫

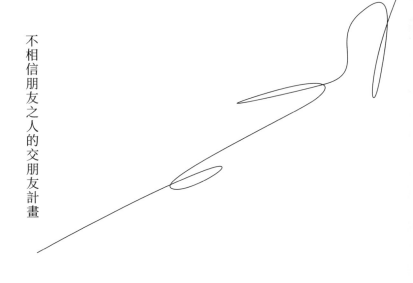

而我叫你「朋友」

黃以曦 ✕ 張紋瑄

（發表於紐約《ARTFORUM》（藝術論壇）中國版，二〇一九年二月）

親愛的乙烯，

　　當代藝術館那天下午聽你的 performing lecture 裡說了兩個波赫士的短篇。在你說了第一個偵探的故事之後，我就想，阿，第二個故事應該就是兩個國王與兩個迷宮吧。然後你說了。一邊很愉快的時候，突然間整個聽講的空間有了不均勻的陷落：初次聽這些故事的人和第一百次複習這些故事的人被震開來，從此分屬於不同圖層。

　　且讓我們稱之為「**阿爾戈是尤里西斯的狗**」效應。

　　這個效應只有在講者講的內容又深刻又有意思的時候才會出現，沒意思的講者只會讓我火大。我在每次腦與腦的對質——不管我面對的是人或是作品——發生前都會全心全意期待「阿爾戈是尤里西斯的狗」效應，但當效應達成使我法喜充滿之時，卻又會在下一秒世界級悲傷。當一個生產者在拆開自己的腦展示給人看的時候，有多少人是看著同盟的戰略並對應想著自己的戰略，又有多少人只是純欣賞一個「**天才**」在高速運轉後從耳朵散發滾腦漿的味道？

　　而我們都知道，造物者之懶惰就是在於它盡是造一堆能分辨出「誰不是天才」的人，卻吝嗇於做一個真的天才來。天才可能不是什麼準確的字啦，我的意思是，在這種人身

上，時間和經驗都作用得非常慷慨，同一單位 input 的密度和其他人完全沒得比，因此在 output 的時候，他們處理及發話對象每每起手就是一整個叫「世界」的幅員，一整個叫「人類」的物種，而這種人對其他人——同代人也好、差了幾個世紀也好——的影響就是，會讓他們覺得自己「活生生」：覺得自己有可能，覺得自己有可能「有可能」。

永恆之城的人、天才、朋友——我一直胡亂交錯使用這些明明意思迴異的字，或許在無聊的課程或訪談中這會是「誰是你的創作參照」的問題，但這種提問方式每每讓我覺得怪：一是光聽就非常功利；二是這哪有可能是像點菜一樣的思考方式呢？這不是形式或內容上口味合不合的問題，而是在路狹且長的小徑上，有人曾經因為（在我們各自的定義下認為）活得很好而讓我們也覺得「**活著**」這個醜怪的動作是值得一試的。

在這樣的前提下，可能遍尋整個活在相同時間軸的同輩都找不到一個這樣的人，因此這問題的答案不是一串人名，而是造一座私人的永恆之城：我來決定誰不僅值得活過，且值

得永生，被我允許進駐的人經過「阿爾戈是尤里西斯的狗」效應的重重檢驗，成為我定義的天才，而我稱他們為朋友。我需要一座這樣的城以讓作為創作者的我活著。

是說我也不清楚到底這對寫是不是真的圍繞著什麼命題，老實說我就是為了對寫而對寫，因為我們第一次也是唯一一次的長聊中，當你說「**關心歷史與關心歷史書寫是差很多的**」之時，我超級激動，那天回家之後我在我（不是每天寫）的日記上最後一段是寫這樣「**我的意思是，不管我到底認不認識這位作家，但那瞬間我有一個想像的朋友，一個蘿蔔一個坑長得就是我需要的樣子，讓我深深感激。**」所以，基於這個不知道準不準的一眼一瞬間，我想你是我最適合討論**朋友問題（＝創作者之孤獨問題〔＝創作者之生存問題〕）**的人了。

（去年十一月我人在墨西哥 Oaxaca，朋友帶我去看在地的亡靈節是什麼樣子，總之在跟著鬼們繞民宅很遠之後，最後回到一個大廣場，大廣場擠滿了人，肩膀貼肩膀到肉變形的程度，有樂隊正在無限重複一段傳統的旋律，大家在尖叫跟勉強舞蹈。朋友說，他們稱這種景象叫地獄，「**你準備好**

要去地獄了嗎？」他笑著說，其實我超級怕人，但在那個瞬間我說：好啊（管他去死）。【註】

　　期待你的回信。

　　【以曦註】在即將完成這篇合作的文章、即將開始真正的什麼之際，回頭讀我們寫過的信，你看，你已經預見了一切。

親愛的紋瑄，

　　似乎是用自由通信來暖機，但或許，比起有題目的對寫會很快跳入專業地就著某個什麼說起來，反而是關於友誼的自由，要困難得多。畢竟，如同你一定也一再經歷的，和誰有過怎樣美麗或至少值得的交鋒，可當合作完畢，這個人就從生命中消失了。

　　這兩場活動（註一）對我來說很重要，因為太少機會可以真的對人說那些我在意的事。但同時我也感到非常沮喪，因為覺得表現得很差。也許是平常的演講畢竟是關於主辦方已訂的題目，結構已經預設在那裡，你只要一直填進洞察就好。而寫作時，我本來就是會一直一直調整，像科學家那樣在意一切的邏輯，畢竟即使是一個介詞或標點都會寫定論述的破綻。當然或尤其還有詩，詩的氣氛該是滴水不漏的。所以在創造話語環境時，變得那麼斑駁而難以忍受。但這種俗氣的潔癖也沒什麼好說的。

　　讀你的信真是覺得，彷彿這次準備這個展演，就是為了能得到這樣一封信似的。

　　讀你的信，想你說的「**沒意思的講者**」，與其讓我火大，不如說讓我困惑。我無法不想：是我搞錯了什麼嗎？為什麼他要這麼瑣碎、這麼無趣、這麼通篇都是現成訊息、這麼全

部都是人家講過的話？但多數時候就是如此。你用力去聽、去讀一個東西，然後怎樣都找不出其中有作者純粹思考的發現。像是宇宙與未來都是現成，大家只要一直複製貼上就好了。這讓我覺得不耐。也覺得很孤單。

那天在居酒屋和你聊完天回家，我在想我遇到了一個跟我一模一樣的人。就算只是在某個方面，卻是於我而言最重要的面向。

我曾在許多電影和小說自以為看到了某個東西，它們頻繁出現，以致於我覺得這世界有發展這事的空間。但慢慢地我覺得就算真成立這方面的題目，它也並不被重視，人們並不期望要再多走太遠。

那個什麼。那些什麼。我曾認為那就是理論的未來。但後來我開始懷疑，我開始想它將會一直這麼邊緣。

由於這件事大概就是我的命運了，我也沒有別的路可走；我不要傳教的方式去提倡、遊說、催眠，我只想堅持這事然後把它變成像是同時是遊戲與挑釁，由此對抗那些我覺得老到不能再老的理論與藝術觀。

我喜歡你說的，「造一座私人的永恆之城：我來決定誰不僅值得活過，且值得永生，被我允許進駐的人經過『阿爾戈

是尤里西斯的狗』效應的重重檢驗，成為我定義的天才，而我稱他們為朋友。我需要一座這樣的城以讓作為創作者的我活著。」

　　不用急著回信。

yours,

e

親愛的紋瑄，

發現信上沒有一個補充說明，以致於看起來有點沒頭沒腦的。我想我們可以先亂說一點什麼（因為相較於你的篇章已經完全可以直接回應對寫「朋友」計畫，我卻還在很周邊地亂晃）。

就亂寫一下，然後感覺雙方的韻律與傾向，再訂出一個大綱。

其實這個題目可以談很多概念，但我也希望如果可能的話說不定我們可以為其中**注入一種真正的親密感**。就也有了文學性。

親愛的乙烯，

　　就像你說的那樣，有太多美麗的交鋒是好東西卻也是一次性的東西，某個節骨眼就停了，讓人遺憾。如果是工作上的合作那就是普通遺憾，但如果是基於自由意志開啟的對話那就是非常遺憾。在後者的情況中，當某種「求偶」的態勢出現，通常就也預告了之後的無疾而終。不曉得你會不會遇到這種情況，也就是原本好像在針對一個真正的問題討論，突然間變成了費洛蒙大賽，即使 A 不是故意的，但他的專注與張嘴就掉出來的星星月亮太陽，在 B 的那邊卻像是勾引，他必須也以星星月亮太陽的方式回應 A ——在此，真正的問題退位，變成兩隻鳥在跳舞。【註】所以在看到你說「**注入一種真正的親密感**」並因此「**有文學性**」，在附議的同時也在想，說不定這是個比看起來難得多的挑戰，因為這變成是要在欣賞另一個腦的時候，維持住自己的狀態，才能一直專注在真正的問題本身，而不只是在修辭上修辭。

　　後來想了幾天，發現我之所以這麼在意這件事，可能是因為我之前有遭遇類似的情況：在當場驚覺我和觀眾之間的「有

【紋瑄註】舉個例：林奕含說她的精神科醫師跟他說「你是經過越戰的人」、「你是經過集中營的人」、「你是經過核爆的人」。當她的精神科醫師這麼說的時候，他在她的話語中變成 B 鳥；而當她引用這樣的形容詞，她自己也就加入求偶舞當中了；又或是那些評論駱以軍小說的文章都也會被感染駱式造字遣詞的症狀。

互動」都是假動作，都是一場誤會。好比，你的場子來的人很多，他們應該也覺得很有收穫，好看又好聽，從活動紀錄來看是個成功的 public program ——但觀眾仍然是以一般聽講座的受教、欣賞心態來，如此舒服，而這並不是你想要的；又好比，對我來說我念茲在茲的有兩件事（1）我不在作品中使用到任何獨一無二的正本，強化人證物證本身的價值（2）我不是在處理歷史事實（這也是我最重要的關切但像你一樣沒能有機會談），但九成的觀眾（不管是專業與否）都會「阿張紋瑄在處理歷史處理得很認真（蓋章結案）」。

對我來說，lecture performance 和 lecture 二者最大的差異就是，藉由每分每秒讓觀眾意識到距離，他會因此感受到「演」、感受到「假」、感受到「不舒服」，因為被表演的不是角色，而是「某人正在教」的這個階層化事實，只有在這種有點消極的前提下，人們才會有被挑戰的感覺，才會（終於）想動腦一下。而現在無論創作媒介、方法是什麼，要讓觀眾感覺到不舒適真的太難了，大家都佛系。

給那些我真正喜歡的人我都會祝他們健康
所以祝你健康！

文先

親愛的紋瑄，

關於朋友：

1.

　　如果沒有日常作為當然的基調，也沒有情愫牽扯為各種必然的不均勻（例如難免的權力關係）加諸先驗的秩序或者轉圜解套的依據，單純為智性所驅動的友誼，到底可行嗎？

　　當日常自有一套包覆性輪廓（例如老同學、同事等總之有個預先配備在那裡讓你們一起吃飯喝酒純聊天那種）、當情人閨蜜有私密情感來主持著情誼的保溫（即，思考交鋒無論比重如何，概念上它都是這段情感的附屬配備），純粹由創作和思考所啟動的友誼，該如何延展？

　　這問題的原型其實是，我們真的可能以一個絕對、完全、貫穿性的思考與實踐／創作者，來界定完整的自我嗎？就算像電影中那些失去一切人際關係，以致於徹底 loner 的特務、殺手。純腦袋驅動的生命情狀，真的可以很美嗎？我的意思是，沒有了日常那些浸蝕腐爛，人可能是柔軟的嗎？沒有了柔軟、流動、可愛，這角色還能是美的嗎？

　　因為對理論的熱愛，我曾很想走學術，或者，當黑格爾、康德、佛洛伊德、傅柯那樣從無到有發動一個新概念的作家（不含尼采，尼采是藝術家），但哲學家的寫作，概念再漂亮，

就是少了「**真正活過**」的濕潤和軟黏。沒有露水、青苔、月暈，也沒有夢，即使是談夢的理論書裡也不會有夢，一個都沒有。……所以儘管藝術創作這一邊，比如「純文學」，有那麼大塊其實是弱智、反智，或者真就耽溺在享受氣氛缺乏動機要 hardcore 往前推進思索，我仍覺得我也只能在這裡，真正的美在這裡才是可能的。

我終究無法讓自己成為一個只有腦袋運轉的人，基於美學的理由，而也正是這樣的理由，我無法想像可以擁有一段真空的友誼，儘管我很期待，那就像是「思考」有了個實際的形體（如果一個人的密室思考中就是抽象的話），但這個形體，真能在時間裡持續嗎？一期一會不叫朋友。

這是我總是過不去的糾結點。後來，當其實一個人思考也還過得去，我不再期待思考伙伴。若有暗香浮動的微戀愛、類戀愛順道帶來的哲學和藝術伙伴（然後隨時就會因為感情不穩定而不了了之？）、偶爾相遇的交會迸發煙火，也就可以了。最後不得不是，思考歸思考，朋友歸朋友。

我們真的可能以絕對的思考與創作狀態，來界定自我嗎？我的解方是，我就創造一個以上的平行角色，每個都活出獨立的人生。但這樣的「我」，如何交朋友？朋友沒辦法這樣

不是嗎？難道能彼此都創造角色，然後每條線各自精準配對，多股編織地創造一段「什麼都有」的友誼？

2.

開始了，要怎麼停？

一個物理學意象：如果沒有摩擦力，靜者恆靜，動者恆動。撇開前面談到的滄海桑田的墜落，如果可以真用腦袋無重力移動，那什麼時候會停下來？

我總是想寫這樣一個劇本，裡面只有兩個人，沒有故事與身世設定，沒有背景，劇本從第一句話開始，那是尋常的一句話，然後第一句話引出彼方回應，就有了第二句話。對話啟動，持續運轉，像個永動機。我想要這樣的劇本，不為了他們談的內容，而為了作為這樣一個概念的演示：「**對話將永遠繼續下去**」。而這件事要是**劇場**的本質（前提：他們知道正在被讀取）。

或許我終究無法去寫這個劇本，因為無論我可以創造多少角色，我仍以此一肉身屈服單一線性時間。我不要像福樓拜寫布瓦爾和佩居樹（註二），我不要那樣把人生壓印進那個我要創造的演示（誰來幫我詮釋？那個詮釋我會滿意嗎？）。

在**朋友**這題目，儘管經驗裡，互激盪的朋友之間，總是還來不及煩惱「什麼時候會停？會怎麼停？」之前，就先迎來了這樣的困惑「啊怎麼已經停了？」。畢竟我們就是活在一個巨大摩擦力的現實，儘管如此，我仍在腦中持續進行這樣的思考實驗。

一齣永動機的對話。……先不談這份友誼／對話的緊緻張力所帶來的感性上的意義（窒息感、爭勝或至少是不能輸的壓力、在其中滋生柔軟卻不被允許發揮的羞赧……）、不談表演上的洞察與微調（節奏、鬆緊、空隙浮現的不定性），我只先問，當這齣對話無限開展，我們如何從中間具結意義？畢竟所有的意義必定得有邊界且建構由時序後端？

而這不就是這樁友誼最重要的核心嗎：創造「一個」（意味著已完成）新的討論、論述、洞察？……不要告訴我「過程比結果更重要」，我不是過程派的。

我想像在那乍看協調通順的對話裡，必須另起一雙清明的眼睛，才能在下一動開啟前，斷然收束有效的意義。這麼一動接一動，似乎敞開的對話，就有了一叢與另一叢的邊界，收束出的每筆意義，或可望平行展開新一層次的來回或累積。

但回到現實（總是又回到現實），有如此耐心和熱情的彼

此，誰不是掛念著創造自己的宇宙？還能從哪裡榨出分秒月年，去實際操作這樣的友誼，讓那個排在自己創作的更前面？

3.

關於危險。

是的你說得太好了。「……**在當場驚覺我和觀眾之間的『有互動』都是假動作，都是一場誤會。……而現在無論創作媒介、方法是什麼，要讓觀眾感覺到不舒適真的太難了，大家都佛系。**」

放在朋友的題目裡：我敢不敢或願不願意，去為難我正對話的彼方，藉由將他置入真正的險境，激發出他的、與我們之間的潛力，從而讓這齣角力跳上新一層次的對壘？【註】

我敢不敢去實踐真正的危險？既然我認為危機確確實實就是轉機，置之死地而後生的、巴塔耶式極限與越渡的、純淨而絕對的……然而對我來說，這個問題必須包含下一題：我願不願承受此一危險可能失控地耽誤、污染我的思考與創

【紋瑄註】如果創作是為了達成感性重分配，如果在這樣的前提下要給「共情」的「情」一個解，我把這樣的「情」賭在「殘酷」上。當所有人都對共喜共悲訓練有素到，在感性接收和理性行動之間沒有因果聯繫，那我們需要一個讓情緒反映當機的瞬間，這種道德判斷上的險境才能使一切複雜化。

作狀態？與他人的任何絞纏，就是這麼不透明，而為這個不透明，我付得起怎樣的代價？

與其問把他人陷入如何之危險（各種負面情緒），不如問，我能如何想像自己把他人陷入如何之危險？當我自己有百分之七百的玻璃心，我如何可能不這樣 empathy 他人的碎裂？當我樂於自虐地維持甚至強化自身的脆弱，只為了能夠更精細地測量關於人與世界的各種幽微，我能真以為也可以如此挑釁他人，以至於與他分享險險飛過死亡後將揭露的真正深奧的開闊嗎？……是的別人沒有那麼脆弱，但我可能就是那麼脆弱。當震撼教育還不知道真能否叫醒誰，我已深陷我想像的劇場，因此耽誤了我本來的平靜。

如你一樣，我太著迷那個「**假**」與「**演**」，當這些事在真空中可以朝永恆逼去地幻化成華麗的完全圖景，在現實中，那個很陡的摔落、很平庸的撞牆，卻會瞬間消滅這些事原本可以有的生產力。而事實上別說他人準備好了沒，我只問，我自己又是花了多久才準備好？而當我準備好了，我不其實也就不需要別人來對我做這件事了嗎？

關於「假」與「演」我有一千萬字想談。所以只能先這樣了！！

yours,

e

親愛的乙烯，

1. 關於危險。

延伸你的延伸，重新組裝我們正在討論的：和你一樣，我也更相信黑暗面，因此這裡的「**朋友**」與「**empathy**」都是被放在這個基礎上來談，因此我們會談到危險，談到賭注，談到挑釁、脆弱、碎裂、自虐。沒錯，就如同你將朋友套進我們試著拆解的 $f(x)$ 而得出的，這是個害人害己的手勢。容我 x=「**朋友**」再換一下變成 x=「**建立親密關係（最、非常、無敵的那種）**」，有個我今年在試解這個方程式時遭遇的撞牆經驗：

我在五月和七月時，分別在台北和墨西哥城做了一個叫「跳河小說」的表演，當觀眾進來暗室的時候，我已經背對他們坐在一張書桌前，戴著耳機，桌上有水、黑咖啡、我的電腦接著投影幕。表演是這樣：我會開始打一篇叫作〈跳河小說〉的短篇小說，打到最後一個字的時候按下 delete 逐字刪除全文。跳河小說在此和大河小說的關係是傑克爾與海德（註三）。小說分成定義、材料、形式、內容四段，在解釋的過程中有兩樁自殺嵌在裡面，一樁是個人的政治性自殺，一樁是一般的自殺，難堪的那種、懦弱的那種、我奶奶的那種。

小說行文的方式刻薄且假學究。我在演一個踩線的暴露狂，藉由對自己殘忍來試著傷害觀眾。

　　（修正一下上一段：創作其實也並不只是讓自己得以轉化世界填鴨給我的訊息而已，這也是個微型的個人的反抗，賭「一個人做作品」的動作是可能把某種外掛程式反向裝載回那個該死的外面的、切斷細小卻最關鍵的一條腳筋，讓人在「平常」上面跑的時候不自覺跌倒。我沒有能力在現實中真正拆解、豢養出複數的我，只存在是創作者的我和不是創作者的我，因為只有少少的兩個，我必須用到極大值，必須前者等於總體藝術，而不只是前者做的作品是總體藝術。）

　　表演結束，帶著剛嘔吐完輕飄飄的虛脫感，我等著有人藉著回應把我的努力跟賭注變俗，好比對著我問「這是真的發生的事嗎」或是「你怎麼可以消費你家的悲劇」或是「你身邊真的有人自殺過，所以你才做這個主題嗎」這種。

　　兩次表演的狀況差很多：在台北的那場長度是兩小時，可能是各種環節──場地、時間、布置、天氣等等有的沒的一一出錯，當我戰鬥（這樣的場景設定的好處是我可以非常專注）

完畢之後回過頭看到沒什麼人（三個？），多來的一些人正在準備等等一場扮裝派對的道具。我非常非常挫敗，有種花了一輩子準備一場告解然後發現牆的對面神父根本還沒上班，的感覺。

在墨西哥城的那場長度是一小時，結束轉頭之後，發現整個空間都坐滿人，據說整場表演所有人都很安靜很專注地跟著我的投影幕，該空間的 director 跟我說 "I didn't expect it to be so hardcore"，另一個認識的策展人跟我說 "I need time to digest"，後來又有一個人說 "I love the part when you modified the quote from Midnight's Children, the effect of the collage was so...so... （一個眼神）"。

我應該要很滿意的。

目的似乎達成：有人被震驚了，有人因此思考了事情，甚至有人還瞭解了某些部分的形式遊戲，我應該要很滿意的，但我好像比台北那場更挫敗了（對面的神父說：我懂你，他看起來不是裝的，但還是——）。

2. 兩種「停了」

　　我也不是過程派的，可能還重視結果到有點宿命論。如果永動並不是過程的無限延伸而就是結果，那有兩個可怕的敵人，一是因為懶惰、沒興趣、沒有愛了等現實因素摩擦力導致的停止；另一個則是被來來回回中的「我們一起到了！」給騙了，假性情投意合之後仍然繼續的動作都只是同語反覆，其實也是停了。

　　要怎樣才不會被騙？【註】

　　但話說回來，我又真的有那麼強的什麼來貪婪貪婪本身嗎？

3. 關於朋友

　　所以，到底什麼是朋友？

　　像你說的，除去場景交疊及私密情感造就的朋友，創作和思考夠不夠格直接可成立「**我**」及「**你**」，然後是，「**我想和你交朋友**」？老實說，一開始當想要找你對寫，對寫題目草

【以曦註】其實我想的是相反的。一個人都不能第二次踏進同樣的河了，兩個人要怎麼吻合在一個極限點上，且要一次又一次。所以總是都是被騙的。而問題於是成為：要怎樣才不會發現自己被騙。

擬之時，我原先假設的內容很單純：我直觀認為，最嚴格定義下的朋友是不可能以活人的樣子存在的，因為活人會動、會變、會令人失望，因此沒辦法用詮釋將之塑形成朋友的樣子，換句話說，如果永恆之城是裝朋友的容器，某某死人之永恆是因為被我定義為是圓是方，而不是客觀典範的結果；但活人就是那種抓進來會一直要嘛自己想出去或是不斷讓人後悔將他抓進來後來決定放生的東西。所以原本只是想問你，你的永恆之城裡住了誰，這樣一個輕鬆談朋友如家家酒實際上卻不相信有這種東西的悲傷問題。【註】

但後來，這篇對寫成為不相信朋友之人的交朋友計畫。我們試著調整虛構朋友（也就是你說的純粹由創作和思考所啟動的友誼，可能你會有更好的形容方式但姑且一用）與現實朋友的構成比重，我們讓彼此作為活人的濕潤和軟黏進來，但比例不能比創作和思考多。

我相信經驗，但並不是因為經驗的分享是能夠創造出記得

【紋瑄註】結果一直沒有完成這個提問。

所有細節的接收對象，而是為了能夠直接切入動機的共感。
這是為什麼我想講表演兩次「跳河小說」的事。我們試著以
你寫小說的（我觀察到的）方法來做這個朋友實驗？

　　祝你健康！

文先

親愛的紋瑄，

1.

我在讀你講跳河小說的事時，因為一個誤讀，把框架框錯了地方。其實你講的是一個作品的移地展覽，我卻感覺看到了**重演**。

也就是說，明明情況是，你的作品是同一個，這個作品兩次所獲得的回應不同；當然也可以看成回應是作品的一部分，如此就是作品必然會有的遷變或不定性。但我卻一個念頭岔開，感覺到這是一件事情發生兩次，也還會再繼續發生下去（重演的本質）。（即，作品在時空中移動 vs. 同一個時空重複發生）。

而這兩次（無數次），表面上不同，但其實仍是相同的，就像重演並不是影印機產品，重演，事實上訴諸或發生在人與他的世界之某種平行或錯疊。

但就以這誤讀為起點。對我來說，「重演」這事的重要，就在於它的「不得不重演」、「終究還是回到重演」，而突顯此的，恰恰在於那個環境已遽然變遷、但蕊芯／靈魂的部分卻（不得不）仍一模一樣。

借用你的比喻就成了，告解將無數次重啟，而教堂與神父卻從來只是個幻影。

這不是很 low 的那種「作品與讀者或觀眾或論者或世界間的關係」的問題，而是創作這事如何憑空締造一處存在，此

存在將獲得如何的性質。而當我們將某個自我（例如創作者身分／角色）界定為一齣總體藝術，那會是怎樣一種具體（降落於哪裡的具體？）的存在？

……關於重演與孤獨的問題先不談。

很巧合的，你的作品剛好關於自殺和刪除。順著想下來，那不會也無法是一個算式上的回退，那將是一個強加其上的白。而這個白，它或者就欲蓋彌彰地反而強調了那些被刪掉的東西，例如那個自殺前的活著、自殺的動機，又或者，它會是一個策略性的白：把所有事情都弄混，當無法辨別，就沒有了原件，刪除在某個意義上就成立了。

我一直喜歡《一千零一夜》裡阿里巴巴那個故事，在所有門上做了紅色粉筆記號，由此就找不到被鎖定地做記號的那某一戶。我也由此發想我對抗這所有東西的策略：當所有痛苦來自清明心智，我能做的，可以是更多地殲滅那個清明。很合邏輯的做法。

或甚至其實也正是我在前面信中提到的，是否朋友，關於朋友的真正一起活過，得出發由某種混沌，所以我們會需要一個區間的胡亂拋擲，與其說是暖機、緩衝、解除心防，放在我們的例子，更像是將兩樁獨立而銳利的清明弄鈍，然後我們可以開始「一起」些什麼。是為朋友。

2.

關於朋友（卻又非關上題的結尾。又或者有關？），你說，「我們來用我們兩個自己做個實驗吧，**不相信朋友之人的交朋友計畫。**」

但難道我們不是已在這個實驗或計畫裡了嗎？或者說，不其實是非常合理的嗎？把我們此刻的交往看成已經正在進行這個實驗。

朋友是怎麼開始的？

你與我，在一個夜晚相遇，不動聲色卻深刻地，感覺著對方是與自己那麼相像的人。或至少我們分別都這麼宣稱。我們沒有因此有接下來的聯絡，直到一個名為「**而我叫你『朋友』**」的創作計畫。

然後我們開始給對方寫信。

那樣動員身心地寫信，像是已經是朋友，或其實是寫完了不得不、必然會成為朋友。就算只是這個區間的朋友。

那麼，所以關於「朋友」的寫作計畫是個起點？還是那是個終點？也就是，我們事實上是為了完成任務而開始這個演練？從謹慎地問候，到感到親熟與安心，這中間，為什麼不會其實是一場快速的入戲？

我從哪封信、哪個段落，跨進「建構朋友」的框架？又自哪一刻起，入戲地浸淫，進入地成為這段友誼的一部分？

　　而這樣的提問最令人不快的地方在於，我是否將在某一刻，輕易（或缺乏理路可釐清地）斷開這整幢建構的任務？在信外頭的現實裡，從就沒有過你這個朋友？

　　以上是一種假想，卻是不但合理、而且非常適合我們的假想。像是艾可的書會有的情節。

　　但倘若我們要將那個創作的自己，刻鏤為一個總體藝術，則不事實上就該做到這種程度的斷然和忍心嗎？在這樣的時候，我會覺得，終究我沒辦法完整地實踐一個我的理論【註】裡的角色。

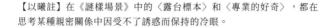

【以曦註】在《謎樣場景》中的〈露台標本〉和〈專業的好奇〉，都在思考某種親密關係中因受不了誘惑而保持的冷眼。

《國際自殺大賽》講述表演紀錄，當代藝術館，二〇一八年。檔案提供：台北當代藝術館。

《某人傳》，柏林時代藝術中心，二〇一九年。檔案提供：柏林時代藝術中心。

《自傳大系》，台北市立美術館，二〇一九年。檔案提供：張紋瑄。

親愛的乙烯，

　　昨天一連看了五集《追緝：炸彈客》，有個與劇情無關的部分卻讓我非常感動：FBI的人在分析炸彈客時，都相信這是個求學不順遂、學歷低因此恨學校要去炸學校的人，或是被航空公司怎麼樣因此要向他們報復的工人，只有主角在用 forensic linguistics 的分析方法工作過後，賭炸彈客一定是超聰明的知識份子，理由完全與報復無關；在炸彈客要用條件——刊登他的宣言在報紙 vs. 繼續放炸彈——來交換時，其他人都覺得其中有詐，只有主角覺得這就是他真正的目的。

　　有什麼東西就怎麼回推那人的模樣，而不在分析時以常識綁架所有人行動的可能性，相信有人是真的將生存賭在抽象交換及意義生產的——我應該要修正寄給你第一封信的內容，讓人絕望的不僅是大多數人太輕易將人視為天才，同時包含太輕易將人視為笨蛋，不相信「修補世界」是可以作為動機的，「求知」是可以作為動機的，「避免自己因為無聊而死」是可以作為動機的。

　　這是朋友之難的某個關鍵理由：因為意識到各種事、各種

人的動機都有（複數的）可能，所以每條線都可以被放大成無數縷交纏之後的結果，能不能做成這齣無限套層的戲中戲也成為在面對作品、判斷作品好壞的要點之一 ——但這個難在一般現實中處人時並無法成立，因為在一次一次與世界交手之後發現，太常只是自己的內心戲，複雜情況真正出現的機率少之又少。

所以說不定那個「**將兩椿獨立而銳利的清明弄鈍**」的動態其實是，讓我們彼此可以還原到如同面對作品的小心翼翼，信任對方是複雜到自己必須生產新工具來理解、對話的，是之為弄鈍。換句話說，交朋友在這樣的前提下變成將非常重要的這段：

這不是很 low 的那種「作品與讀者或觀眾或論者或世界間關係」的問題，而是創作這件事，如何憑空締造了一處存在，這個存在將獲得如何的性質，而當我們將某個自我（例如創作者身份／角色）界定為一齣總體藝術，那會是怎樣一種具體（降落於哪裡的具體？）的存在？

——由自問轉為理解對方的任務：你已是一齣總體藝術，我要怎麼認定你的性質，怎麼理解你（在哪的）具體存在？

　　（你說得太好了：**欲蓋彌彰的白**，之所以做自傳跟自殺的命題就是這個敘事遊戲，我能選擇蓋某些部分以反向強調這些部分，而每次蓋的地方不同，整體都會結構性地被調整，你送給我一個非常精準的描述方式。活人不常有施行這種手法的機會，總會因為某種方式或因素一下子就太透明了，沒有東西好遮。）

　　但你是不透明的，那些被刪除者與被彰顯者在你的感知上是同時被計算、處理的，你在意後面的後面還有沒有後面。正因為我們的「朋友」以某種不知先有雞還是先有蛋的方式運作，基本上即使你是活人，仍然是個虛構的朋友。我想知道如果將「朋友」由虛構拉越界到現實會怎麼樣。

　　因此即使如你所說，對於這個「朋友」寫作計畫的所有 bug——戲不戲的 bug、結果可能在命題之時被寫就的 bug……早在開始的時候就都出現了，但如果將那群我們根本沒能遇見的未知讀者也計算在內，那麼就算就算有一方太

職業病（哈哈哈）地決定突然斷開，一切於我仍然沒有不「成功」，因為對他們而言，我們的對話將成為你說的那種欲蓋彌彰的刪除、策略性的白。

但終究我也沒辦法那麼那個就是了。

祝你健康！

文先

親愛的紋瑄，

關於「朋友之難的關鍵理由」

談個體不懈地要「**作為自己**」與「**成為自己**」，我想到兩個意象，一是比如量子力學說的，當無觀測者時粒子硬是走完一切可成立路徑，那種實踐全部可能性的著魔，一是比如德勒茲在意的那種不斷創造差異、以建構／虛構差異、由此朝向某種「新」、卻也是對上一刻做消解的進路。放在我們關切的歷史寫作的題目，或可描述作，「**當歷史還沒放棄地要繼續朝向、成為自己，則何時才能有一個進入的契機？**」，而放在「如何成為朋友」的題目，則是「**當那個鎖定想成為朋友的彼方，還漾動不定，則一段關係該怎麼深刻地編織起來？**」

在後來的日子裡，我總更感到某種漂浮。當嫻熟了不斷建構與切換，飛越地差異又差異，那麼還會不會仍有個哪裡，我在那裡可以落定地安靜，甚至平穩到長出與另一人的關係，而「那裡」與在那裡的我，仍能自給自足地增長豐饒……？

當我認同你說「……**信任對方是複雜到自己必須生產新工具來理解、對話的。**」的同時，我仍忍不住擔憂這個同一時空之將於何時裂解。當「動」於我們是那麼理所當然，我們又怎麼面對和掌握「不動」呢？而這和持續創造差異並不矛盾，因為某意義而言，當差異越過了一個私密的**奇異點**(註四)，

那對外呈現的就是一種「不動」，而友誼真能當然地寬容那無法穿透的「不動」嗎？

　其實我並不覺得我們之間存著任何一種「賭一把」（假如你的說法不是在創造某種戲劇化），我反而覺得那是萬中選一的必然，萬中選一到、必然到，會懷疑「真會發生這麼好的事嗎？」。但因為整個建構的過程，例如我們並不擁有一個現成的脈絡，例如我們跳過了寒暄問候就在一封封長信裡直接觸碰一段友誼所能擁有的極深刻部分。對我來說，與其說感覺到的是虛（構），不如說我在珍惜之餘是認命的（一種非常通俗的感性）——不知道怎麼獲得的東西，或許也就無法知道它將怎麼消失。但如果是這樣也沒關係。【註】

　話說回來，關於這個「（如何或何謂？）朋友」的創作計畫，我想，完整呈現我們在這其中的試探、懷疑與確認，正是最後設而切題的（也就是說不需要只留下正式討論朋友這件事的部分），然後我們或許可以各寫一兩個段落，以一個收束的角度來評論這個計畫的內容，即是再一次後設。……為什麼想先把文章的事確定下來，是因為我在寫信時，常常

【紋瑄註】和「一篇文章如果一直沒有出現一個字，那麼那個字就是題旨」的遊戲相反，我們的對寫成為「一篇文章如果一直出現一個字，那麼那個字就不太是題旨」。那真正的題旨是什麼？

分不出是在演（不指虛假，而是預設了觀眾），還是真的是只成立在我們之間，我不是說我不知道你是怎麼想的，我是說許多時候我不知道我是怎麼想的。

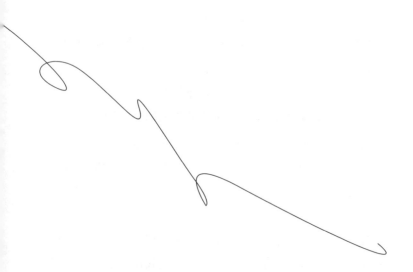

註釋

註一——兩場活動：即二○一八年「穿越正義：科技＠潛殖」展覽的《王國、城堡、迷宮與數位》performance lecture。

註二——布瓦爾和佩居榭：此指福樓拜（Gustave Flaubert）於一八七四年開筆，卻未完成的長篇小說遺作《布瓦爾和佩居榭》（*Bouvard et Pécuchet*）主角，兩個相交莫逆的公文抄寫員。小說前十章為第一卷，佩居榭得了一筆遺產，兩人便辭去工作，隱居鄉間，自學知識，嘗試各種事業，但皆以失敗告終，最後只好重新幹起抄寫的營生。不過他們不再抄寫公文，而是記錄聽到的或讀到的，包括名家筆下的各種廢話、蠢話。後人根據福樓拜的寫作提綱手稿，將之輯成第二卷，全由引文構成。第二卷內容曾以《庸見詞典》為題出版（台北：網路與書，二○○七年）。

註三——傑克爾與海德：這裡使用的就是史蒂文生（Robert Stevenson）小說《化身博士》（*Strange Case of Dr Jekyll and Mr Hyde*）的人物。傑克爾博士喝了自己配製的藥劑，分裂出邪惡的海德先生人格的自我拉鋸故事。

註四——奇點（singularity）：在數學上，這個點其性質趨於無限；然而在數學中，無限的值是無法定義的。在物理中，也儘量避免導致無限的點——體積無限小、密度無限大、重力無限大、時空曲率無限大——在這個點，目前所知的物理定律無法適用。

譯名對照

波赫士 Jorge Luis Borges （阿根廷作家、詩人）

巴塔耶 Georges Bataille（法國哲學家）

艾可 Umberto Eco（義大利小說家、評論家）

延伸閱讀

安德魯・索德羅斯基（Andrew Sodroski）等共同創作，《追緝：炸彈客》，二○一七年。

就是你了

張紋瑄

兩件事。

第一件事，中國的藝術雜誌編輯邀我寫一篇圍繞著 empathy 的文章，「中國翻譯成『共情』」她說。看著這個字，我一直在想，作為創作者照理說對這個字的感受跟理解上應該要是「沒問題」的，但我卻有點不舒適，因為不信任是我在接收所有訊息的基礎音，因此這個無害的字讓我不知道該怎麼辦。

第二件事，我跟以曦在第一次的對話後都有種「就是你了」的感覺，這種感覺清晰到沒有什麼其他形容詞有必要用上，但又和我在第一件事的反應截然相反。其實我也搞不清楚這是因為（在接下「共情」稿子邀請後）我很想要有共情的感覺所以調整了接收器還怎樣。但在結束這約莫一個月的信件往返後我能肯定的是，這種基於沒朋友而討論朋友、基於難以共情而討論共情、基於不可能而討論可能的方式的確就是一切的基本盤：在此之上我們才繼續討論歷史，在此之上我們才繼續討論政治。

這是我的

黃以曦

事物是由什麼組成的？把一個瞬間無限放大，會看到什麼？兩個獨立（甚至是過分獨立）的個體，其間若有一幢關係的交織，那會怎樣第一回合、第二回合、然後落定地開始長了出來？這是一些科學的問題。

故事的開始，非關科學。那是我總是喜歡的場景：一個夜晚、一個小酒館、一場熱心甚至急切的對話。然後，分別後的路上，我想著這個第一次見面的陌生人，我們一定可以成為要好的朋友。

……如果能十年、二十年前相遇就好了。我失落地想。因為我後來再不曾交過新朋友了，那種「這是我的」那樣子的好朋友。我想這將又是場一夜情吧。那麼浪費。幾乎不幸。

幾個禮拜後，我收到一封她的信，她說，我們來寫一個朋友的企劃。

像是寫著寫著這個企劃就可以變朋友；像是為了這個共同創作我們可以演出詮釋一種藝術與智識交往的理想友誼；像是關於一段必定結束的偶然遭遇的一個比較特別的結尾。

像是通過「朋友」的暫且為名，我們將建構一處真正的起點，那條路嵌在彼此的人生當中，一個創作、思考同時有各

種世俗的人生——我的意思是，有一個人，這樣進來。

我其實希望這個共同作品裡所呈現的從無到有的友誼是「假」的，那會是個細膩的科學計畫。然而，無論事物是由什麼組成，我總是直接就愛上了事物本身。

張紋瑄

藝術家，出生於彰化，目前創作及生活於台北。她的藝術實踐透過重讀、重寫及虛構出另類方案，來質問機構化歷史的敘事結構，並同時暴露出潛藏在歷史敘事中，不同權力之間的角力關係，而此暴露結構的手段，也正是一種重新處理個人故事及歷史書寫之間的關係及能動性的方式。

藉由不同的媒介——包含裝置、錄像及講述——的使用，他經常用與原件有誤差的檔案以及第一人稱敘事，讓觀者得以反思歷史如何影響當下的形塑與未來的推進。

近期參與展覽包括：「非黑／非紅／非黃／非女」（時代藝術中心，柏林）；「在裂隙中想像」（TKG+，台北）；「二〇一八台灣美術雙年展：野根莖」（國立台灣美術館，台中）；「穿越—正義：科技@潛殖」（台北當代藝術館，台北）；「2 Weeks 異度空間#2：書寫公廠」（台北當代藝術中心，台北）；「失調的和諧：二十世紀八、九〇年代之交東亞藝術觀察」（中間美術館，北京）；「座標之外・演繹動詞#3」（黑話計畫空間，墨西哥城）；「2017 Musrara Mix 藝術節」放映項目（耶路撒冷）；「弗柯望放映項目」（弗柯望美術館，埃森）；「健忘症與馬勒維奇的藥房」（台北市立美術館，台北）自二〇一八年起開啟〈書寫公廠 Writing FACTory〉長期計劃。二〇一九年參與新加坡 NTU CCA 駐留研究計畫。

黃以曦

作家，影評人。著有《謎樣場景：自我戲劇的迷宮》、《離席：為什麼看電影》。

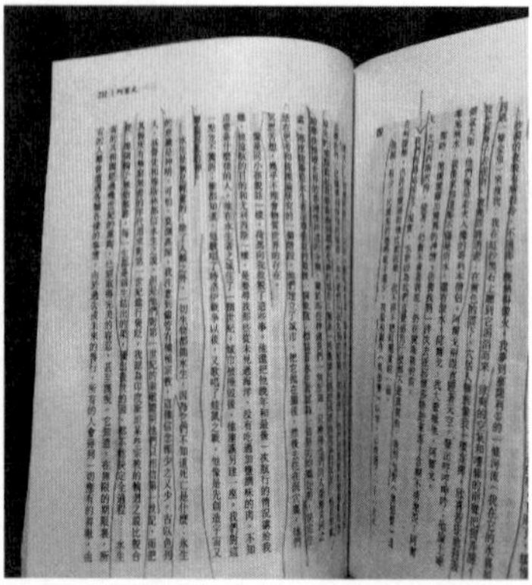

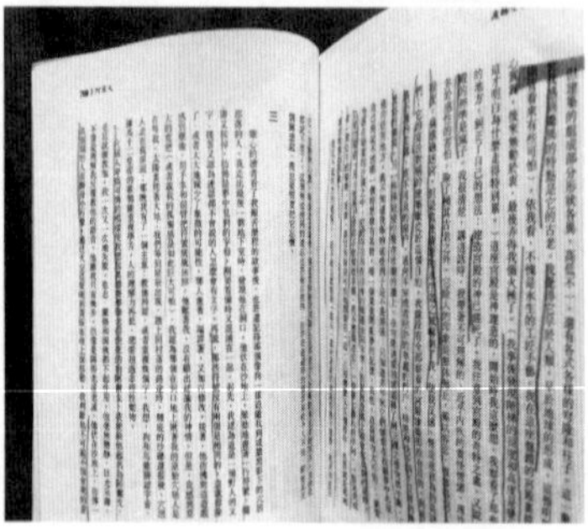

波赫士〈永生〉節錄

〔……〕

　　我記不起回去的過程了，記不起怎麼經過一處又一處的灰濛濛的潮濕的地下建築。我只知道自己一直膽戰心驚，唯恐走出最後一個迷宮時發現周圍又是那座令人作嘔的永生者的城市。別的我都記不清了。這種無法挽回的遺忘也許是自找的；也許我逃避時的情景如此令人不快，即使某天偶爾想起，我也發誓要把它忘懷。

　　細心的讀者看了我艱苦歷程的故事後，也許還記得那個像狗一樣追隨我到城牆黑影下的穴居部落的人。我走出最後一個地下室時，發現他在洞口。他伏在沙地上，笨拙地畫著一行符號，隨即又抹掉，彷彿是夢中見到的字母，剛剛看懂時又混淆在一起。起先，我認為這是一種野人的文字；接著又認為連話都不會說的人怎麼會有文字。再說，那些符號沒有兩個是相同的，這就排除了，或者大大地減少了象徵的可能性。那人畫著，端詳著，又加以修改。接著，他彷彿對這遊戲感到厭倦，用手掌和前臂把符號統統抹掉。他瞅著我，沒有顯出認識我的神情。但是，我感到莫大的寬慰（或者說我的孤獨感是如此巨大可怕），我認為那個在洞口地上瞅著我的原始的穴居人是在等我。太陽炙烤著大地；我們等到星辰

出現，踏上回村落的路途時，腳底的沙礫還很燙。穴居人走在我前面；那晚我有了一個主意：教他辨認，或者重複幾個字。我想，狗和馬能辨認字音，羅馬十二皇帝的歌鴝能重複學舌。人的理解力再低，總能超過非理性動物。

　　穴居人的卑微可憐的模樣使我想起奧德賽那條老得快死的狗阿爾戈，我便給他起名為阿爾戈，並且試圖教他。我一次又一次地失敗。意志、嚴格和固執都不起作用。他毫無動靜，目光呆滯，不像是理解我反覆教他的語音。他離我只有幾步，但像是隔得老遠老遠。他伏在沙地上，彷彿一具倒塌的人面獅身小石像，聽任天空從黎明到黃昏在他上面移動。我判斷他不可能不領會我的意圖。我想起埃塞俄比亞人普遍認為猴子為了不讓人強迫他們做工，故意不說話，便把阿爾戈的沉默歸因於多疑和恐懼。這個想法又引起別的更為古怪的念頭。我想，阿爾戈和我所處的宇宙是不同的；我們的概念雖然相同，但是阿爾戈用別的方式加以組合，把它們構成別的客體；我想，對他來說，也許沒有客體可言，有的只是一系列使他眼花繚亂的短暫的印象。我想到一個沒有記憶、沒有時間的世界；我考慮是否可能有一種沒有名詞的語言，一種只有無人稱動詞和無詞形變化的性質形容詞的語言。日子和歲月就這樣逝去，但是一天早晨發生了近乎幸福的事。下雨了，緩慢有力的雨。

沙漠的夜晚有時很冷，不過那一晚熱得像火。我夢到塞薩利的一條河流（我在它的水裡抓到過一條金魚）來救我；我在紅沙黑石上聽到它滔滔而來；涼爽的空氣和嘈雜的雨聲把我弄醒。我光著身子去迎雨。夜晚即將消逝；在黃色的雲下，穴居人種族像我一樣高興，欣喜若狂地迎著傾盆大雨。他們像是走火入魔的哥利本僧侶。阿爾戈兩眼直瞪著天空，發出哼哼呻吟；他臉上嘩嘩地淌水；我後來知道那不僅是雨水，還有淚水。阿爾戈，我大聲喊他，阿爾戈。

　　那時，他緩緩露出驚異的神情，彷彿找到一件失去並忘懷多時的東西，含糊不清地說：阿爾戈，尤利西斯的狗。接著，仍舊不看著我說：扔在糞堆裡的狗。

　　我們輕易地接受了現實，也許因為我們直覺感到什麼都不是真實的。我問他對《奧德賽》還有何瞭解。也許希臘語對他比較困難；我不得不把問題重說一遍。

　　他說：很少。比最差的遊唱歌手還少。我最初創作《奧德賽》以來，已經過了一千一百年。

　　〔……〕

　　　　　　　　　　　（收錄於《虛構集》，台灣商務，二〇〇二）

所有的名字，終將成真

黃以曦

根據我的經驗，世界上只有從事某種職業才有這般獨特的注視，那是一種摻雜著好奇與權威、嘲諷與懇求的古怪目光。

現在我可以利用你嗎？
現在我該如何處置你？

更精確地說，這就是我心目中全能的神（如果真有這種荒謬事物存在的話）所應擁有的目光。但這目光並不是我們想像中那般神聖，而是帶有明顯的惡意，和卑劣可疑的道德觀。

——符傲思，《法國中尉的女人》

為了讓我自己獲得自由，我必須給予我筆下的人物自由。

——符傲思，《法國中尉的女人》

　　第一句話是怎麼開始的？話語總之就開始了。第一句話，然後是第二句話。起了頭，話語就有了自己的重量。它站穩，探出方向，前行。話語在哪裡走入死巷，而後又以平行、無謂的天真，在一空曠處發動；明明中段，卻成為零度。另些話語，則順當地走，卻發現舊的通道已關閉，陌生的路徑矗立，盤據視野。

　　風和日麗的大把段落啊，成為迷宮。話語穿越迷宮，其實

也就是變更了迷宮。

從這裡生還，你會**記得**什麼？

1.

如果真有所謂現實的東西，那麼，我在那裡，有個際遇。我和幾個人，一對一，去信往返。你寫給我，我寫給你。一邊書寫，一邊留意暗處的傾聽。我們一起完成了給雜誌寫稿的日常任務。

沒多久後，我翻到這些篇章，發現我一點都不記得了。是遺忘一場夢那樣的徹底。我好奇捧著，讀進去，跌進去。裡面的語句互相咬合，再以塊落，從一端點，朝另端點引接。

當讀完一則，並在書架上看見那篇章裡提過的那本書，我感覺，那像是當我醒來，手中緊握一朵夢裡摘下的小花。

2.

那些日子，我都經歷了什麼？而當時的你，如今在哪裡？你能想像此刻、你面前這個我，曾和你一同創造了一個迷宮嗎？又或者你與我，**仍在那裡**？

篇章裡，行禮如儀。他們細數書與電影、某個感觸、大寫的人生，他們謹慎又狂野地說著。……你相信嗎？那落紙張完全保留了他們的表情、腔調、手勢，保留了遏抑不止的笑、吞下的遲疑，或激動或木然，或新鮮，或失落。

不必布景，不必燈光，非關走位。兩個人來來回回，遂織出脈絡。他們與朝那裡射去的眼神，籌寫共謀。意象長大，籠罩全部的人。正是**戲**。這是戲的原型。

在台上的……，我想那不是你。至少那並不是我。

2.1

像是在極黑的夜，撿到一個發光的帳棚，裡頭有魔幻的旋轉，花與歌聲。裡頭的人，和那些流動的色彩，全部都是真的。我看著那個，想放進口袋。想遇到你時，也給你看看這麼不可思議的東西。

這是這本書的由來。

3.

那些篇章裡，話語俱是有效。他說。她說。字句被讀取、被記得、被回應。他們似乎面對面。但並不是。

他在她後面。她在他後面。「我在你後面！」這是哲學家的位置。

他們似乎露出友誼的笑，卻各自追高新一處真正擁有權柄之地。關於什麼的權柄？關於由我決定你說了什麼，的權柄。

對話展延，續寫邊界，封出小小的圈地。你我捧著這些洋洋字句，端詳著，不禁笑了。他們爭什麼呢？他們以為這麼樣捉對攀高，都去了哪裡呢？

我在你後面。

我們在另個世界。一個為了凝視他們而成立的世界。

4.

我感覺這些篇章裡的一切，已發生過。為什麼？是它們真發生過？還是我已知這終會發生、這個模樣的發生？

一個能量場，力線交織。一個母體（matrix），生產繁錯的行列。

在他們說話之前，他們站在那裡，在一個房間裡。如此，則話語早已注定，他和她，將只會說那些，將只會那樣說。

讀他們的對寫，就算是最具野心的推進，我仍感覺一切都在繞成一個小小的輪迴。話語鉤織了言語者自己，滲透其存在。

當人們走進一落邊界，聽任被場景鎖住，他們是否就給出一部分自己？那將長成完整的生命，活在那裡。且將無數次、像在確認什麼地、活成某個唯一的模樣。

重演。

像是我們得藉著邊界的凝結，被彼方目光給錨定、給調度，由此成就整齣戲。被操弄的偶，唯此獲得生命。

……只是，這一切已發生在很久以前。他們去到那裡，穿過彼此布設的孔隙，像是其各自的存在，不過就為了鍛造一張給對方的孔隙。穿過此，靈魂將顯出形體。全新的。但同時載著生生世世的痕跡。

5.

重演。

當那些篇章似乎作為他們共處一室的已潛動著的什麼之第一次重演，你與我，的在這裡，竟是第二次重演。

先有結果，才有路徑。是我們寫出他們嗎？還是那些理論或傷感，預先成立，遂回頭催促了我們摸索那些合理又綿密的路徑——對寫的一切行段。

這些對寫，若是檔案，會是時間裡哪個階差的檔案？……曾有人這樣說話？人可能這樣說話？曾有過被這般鄭重對待的

事？曾有些非如此研磨盤桓不可的思索？……這會是哪個宇宙裡，過去留給未來的線索？又或者是，未來留給過去的線索？

當我只能用一齣又一齣戲劇的方式去看待它們，則這落書冊不得不是科幻的。每一本，每一場兩個人間的迴旋舞，都在提示包圍此的他們的世界。

可那個世界並不是這一個。那個世界還沒發生。或許他們正在往那裡的路上，或許他們在平行的他方，以隱微的共振，回應他們其實永不遭遇的此一已然實現的可能性。

我只能這麼樣看：人世裡每個聚會、每場對話，當我在那之前、之中、之後，抽離地看，則那些個夜，於我，它們就再不是整個連續性現實所產出的某個結果。不是先有了其中每一個人、先有了他們的相遇相識，才有那個淋漓的交會。而是，那個夜，早就等在那裡。……那些話被說出，情緒飽漲，燒成失控的熱切……早都在那裡了。那是我們之於任何什麼，某個像是命運的東西。

命運在走，儘管不一定走完抵達，亦可能在哪脫落，可這不影響未來某一刻已然寫定，這樣的事實。

「阿爾戈是尤里西斯的狗」指某種性靈相通的默契、指切換或超越形式卻仍準確鎖住核心的友誼，但在更遠的意義上，那是：**他們已在那裡。**

他們已在那裡。在同一現場。是那個「同在一個現場」、甚至是「共創這個現場」遙遠地預告了他們的相遇……，不，預告了他們各自作為那樣的人，把生命投入那些事情……。

是啊，記憶裡還漂著一個個繞旋閃亮的現場，而那不正是何以我們擁有紛繁的「要往哪裡去」嗎？

那麼，「我從哪裡來」呢？從那些即將或深或淺地把我們牽扯進去的情節而來。我們從未來前來。

5.1

在《謎樣場景：自我戲劇的迷宮》，裡頭有個人，他沒有名字，沒有性別，作者沒有他的年代、住址、職業、國籍，他幾乎無法是一個誰。直到我們讀完了他瑣碎又熱情的感知與思索。在書頁終究的盡頭，主人翁獲得一個樣子，一個存在。他成為某個誰。

是否從沒人能現成地擁有「我是誰」？我們不因自己是誰，才去做，才做得出一輩子的敘寫；而是那些敘寫，總結地，反過來落定此個唯一的、不被宇宙錯認的我們自己。

《尤里西斯的狗》也是一樣的，我暫且地給出每位作者類似線索的東西，像是真有洋洋灑灑的現實征戰與事業，令得他們勝任了這書裡的漂亮話語、真理般道理。可在我心中，我其實認為我發現了一批不知從哪出土的文件，裡頭保留了灼熱的譫妄，縱情又豪情，正生根。在一處無人之地，有「人」，流變得顯明，持續發生。

我看著著迷了。

由此，我想，書封每個被標記的「**名字**」，或將成真。至少，會實現一部分。從這些對寫回頭允諾的那部分。

0.

後來，我相信這樣的意象：

人與他們造出的虛構宇宙，兩者間有種同步性，非關先後

或因果的界定，而是它們與那隱身在後面、在鄰接維度的什麼，之連動。那或者催生或終結彼邊情節，又或者將之降維地壓成扁平、或升維地刻鏤得超級立體。

這解釋了何以有時，攀過山脊，就闖進未來，又或者，明明薄片瞬間，我們竟走失在錯落的迷陣。

總是感覺被牽引。祝福或詛咒。我們忍不住傾身去聽那個全黑、無一絲破綻的夜。我們親手寫下的人物亦是如此：他會突然轉頭、甚至問出聲：「誰在我後面？」他說。可一切靜悄悄。因為我們或他，畢竟已擁有了整個世界。全部世界。

然而，終有個點，是時間的，亦是空間的，兩個獨立宇宙的「我」，在那裡，真疊上對方的眼神。他們看到了，也被看到。

就從這一點起，宇宙間的同步性消解。他們分別走進未來。再沒有神祕，沒有謎。除了偶爾有種，像是忘了個夢的淡淡的迷惘。

每當跟你說話，我感覺我在吹出一個小小、透明、新鮮的小人，他與你吹出的小人，相擁而舞……。某時刻，一切都消失。可那個從沒發生過的舞會，卻留下了霓虹的妖光。暈影染開，正是現在。所有的名字，終於成真。

國家圖書館出版品預行編目（CIP）資料

尤里西斯的狗 Argos／黃以曦等作
·——初版·——臺北市：一人，2020.02
384 面；12.8×19 公分
ISBN 978-986-97951-1-1（平裝）

1. 中國文學 2. 文集
820.7   108022272

·

尤里西斯的狗 Argos

作者	伊格言、任明信、朱嘉漢、胡家榮、孫得欽、徐明瀚、張紋瑄、黃以曦、黃建宏、楊凱麟、顏忠賢（依筆劃序）

特約編輯	丁名慶
肖像速寫	土水片見
美術設計	反覆分心

出版	一人出版社
地址	台北市南京東路一段二十五號十樓之四
電話	(02)2537-2497
傳真	(02)2537-4409
網址	Alonepublishing.blogspot.com
信箱	Alonepublishing@gmail.com

總經銷	聯合發行股份有限公司
電話	(02)2917-8022
傳真	(02)2915-6275

二〇二〇年二月　初版
定價新台幣五〇〇元